Cynnwys

Y bobl yn y stori

 Ric – mae e'n chwarae'r gitâr ac **ysgrifennu** caneuon

 Mari – gwraig Ric

 Bari Green – mae'r heddlu eisiau dal Bari

 Sara – mae hi'n canu

---

ysgrifennu – *to write*

Pennod 1: Prynu tocyn loteri

Mae Ric Drummond yn mynd i brynu tocyn loteri. Mae e'n cerdded yn y stryd ac yn gwrando ar gerddoriaeth. Mae'r gerddoriaeth yn swnllyd iawn. Mae Ric yn canu gyda'r gerddoriaeth. Mae e'n mynd i'r siop hufen iâ.

'Be dych chi eisiau?' mae dyn y siop yn gofyn i Ric. Mae Ric yn edrych ar y dyn, ond dydy Ric ddim yn clywed.

'Mae'n ddrwg gen i?' mae Ric yn dweud.

Mae dyn y siop yn ysgrifennu rhywbeth, ac yn **rhoi**'r papur i Ric. Ar y papur mae: **DIFFODD** Y GERDDORIAETH!!

'Mae'n ddrwg gen i!' mae Ric yn dweud. Mae e'n diffodd y gerddoriaeth. 'Ga i docyn loteri, os gwelwch chi'n dda?'

---

rhoi – *to give* **diffodd** – *to switch off*

Mae dyn y siop yn **gwenu**. 'Dyma siop hufen iâ,' mae e'n dweud. ''Dyn ni ddim yn gwerthu tocynnau loteri.'

'Ond dw i'n prynu tocyn loteri yma, gan Mr Khan. Ble mae Mr Khan?' mae Ric yn gofyn.

'Mae siop Mr Khan drws nesaf ac mae e'n gwerthu tocynnau loteri,' mae dyn y siop yn dweud yn araf.

'O, y siop arall! Dw i'n wirion!' mae Ric yn dweud.

'Wel, dych chi eisiau prynu hufen iâ?' mae dyn y siop yn gofyn.

'Na, dim diolch,' mae Ric yn dweud. 'Mae hufen iâ yn **ddrwg** i fi. Hwyl fawr!'

---

gwenu – *to smile*   **drwg** – *bad*

'Pam? Be dych chi'n gwneud?' mae dyn y siop yn gofyn.

Mae Ric yn **troi** ac yn gwenu ar y dyn. 'Dw i'n chwarae'r gitâr a dw i'n ysgrifennu caneuon. Dw i'n mynd i fod yn **seren roc** enwog un dydd.'

Mae Ric yn gadael y siop. Mae e'n canu cân newydd:

'Siop hufen iâ, cariad,

Dim tocynnau loteri yma.

Siop hufen iâ, cariad,

Dim tocynnau yma.'

Mae'r dyn yn edrych ar Ric yn mynd. 'Dydy e ddim yn gallu canu ac mae e'n ysgrifennu caneuon gwirion iawn. Dydy e ddim yn mynd i fod yn seren roc enwog!' mae e'n **chwerthin**.

troi – *to turn*   **seren roc** – *rock star*

chwerthin – *to laugh*

8

Pennod 2: Mae hi'n gadael

Mae Ric yn prynu tocyn loteri gan Mr Khan ac yn mynd adre. Mae e'n meddwl am y geiriau nesa i'r gân hufen iâ.

'Helô, Mari, dw i adre! Wyt ti yma?' mae e'n **gweiddi**.

gweiddi – *to shout*

'Na, dw i yn Tsieina.' Mae Mari yn y **stafell wely**. Dydy Ric ddim yn clywed. Mae e'n **chwilio am** y gitâr. Mae Ric yn hapus **pan** mae e'n gweld y gitâr. Mae e'n caru'r gitâr.

'Mae cân newydd gyda fi, Mari. Wyt ti eisiau clywed y gân?' mae e'n gofyn.

'Na!' mae Mari'n dweud.

Mae Ric yn cerdded i'r stafell wely. Dydy e ddim yn gweld y cês mawr ar y gwely.

stafell wely – *bedroom*	**chwilio am** – *to look for*
pan – *when*	

Mae Mari'n cau'r cês. Ac mae Ric yn gweld y cês am y tro cyntaf.

'Hei, Mari, ble 'dyn ni'n mynd? 'Dyn ni'n mynd ar wyliau? Cŵl!' mae Ric yn dweud.

Mae Mari'n edrych yn drist ar Ric.

'Na, 'dyn *ni* ddim yn mynd ar wyliau,' mae Mari'n dweud. ''Dyn *ni* ddim yn mynd i rywle. Dw *i*'n mynd i Gaerdydd at fy chwaer. Dwyt *ti* ddim yn mynd i rywle. Dw i'n gadael.'

'Gadael? Pryd?' mae Ric yn gofyn.

'Pryd? Dwyt ti ddim yn gofyn pam?' mae Mari'n dweud.

'Iawn. Pam?' mae Ric yn gofyn.

'Dw i ddim yn gallu byw gyda ti, Ric. Dwyt ti ddim yn **newid**.' Mae Mari'n edrych ar **lun** o Ric **wrth** y gwely. 'Wyt ti'n gweld y llun? Mae'r llun yn ddeg oed. Edrych. **Yr un Ric**. Ddim yn newid.'

newid – *to change*	**llun** – *picture*
wrth – *by, near*	**Yr un Ric** – *The same Ric*

'Rwyt ti'n ysgrifennu caneuon gwirion ac yn prynu tocynnau loteri ac rwyt ti'n aros. Aros am beth? Rwyt ti angen gwneud rhywbeth!'

Mae Ric yn edrych ar y gitâr ac mae e'n meddwl.

'Wyt ti'n gwrando?' mae hi'n gofyn.

'Pam wyt ti'n aros? Dyna enw da i gân newydd.' Mae Ric yn codi'r gitâr ac mae e'n dechrau chwarae.

'O, Ric!' Mae Mari'n codi'r cês ac mae hi'n cerdded at y drws ffrynt. Mae Mari'n troi ac yn edrych ar Ric. 'Dyma gân i ti.' Ac mae hi'n canu, 'Dw *i'n* gadael. Hwyl!'

'Cân gan y Beatles yw hi?' mae Ric yn gofyn.

Mae Mari'n agor y drws ac yn gadael.

Pennod 3: Ennill y loteri

Mae hi'n nos Sadwrn, dau ddeg pedwar **awr** wedyn, ac mae Ric yn y fflat. Mae'r gitâr ar y llawr ac mae pen Ric **yn ei ddwylo**. Mae'r teledu **ymlaen**, ond dydy Ric ddim yn edrych ar y teledu. Mae e'n meddwl am Mari. 'Be dw i'n mynd i wneud?'

Mae e'n codi'r gitâr ac yn dechrau chwarae, ond mae e'n stopio wedyn.

awr – *hour*	**yn ei ddwylo** – *in his hands*
ymlaen – *on*	

Mae Ric yn edrych ar y teledu. 'Rhif un deg chwech. Rhif dau ddeg tri.' Y loteri.

Mae Ric yn dweud y rhifau **ar ôl** y dyn. 'Un deg chwech. Dau ddeg tri. Mae gen i'r rhifau yna.'

Mae Ric yn chwilio am y tocyn loteri.

'Rhif pedwar deg un. Rhif chwech. Rhif un deg naw. Rhif pedwar deg naw. A dyma'r rhifau eto...'

Mae Ric yn ffeindio'r tocyn. Mae e'n edrych ar y rhifau ar y tocyn ac yna mae e'n edrych ar y rhifau ar y sgrin. Mae pob rhif gyda Ric.

'Ac mae'r **enillydd** heno yn ennill wyth miliwn o bunnoedd!'

---

ar ôl – *after*   **enillydd** – *winner*

'Mari! Mari!' mae Ric yn gweiddi. '**Dere yma!** Nawr!'

Mae e'n **anghofio** bod Mari wedi gadael. Am funud mae e'n drist. Yna mae e'n meddwl, 'Dw i'n **gyfoethog**. 'Dyn *ni'n* gyfoethog! Dw i'n gallu prynu popeth. Dw i'n gallu chwarae cerddoriaeth a dod yn enwog. A Mari… rwyt ti'n gallu bod yn hapus.'

Mae e'n edrych ar y tocyn eto ac mae e'n chwerthin. Wedyn mae e'n **eistedd**. Ac mae **sŵn** mawr. Mae e'n eistedd ar y gitâr!

Dere yma! – *Come here!*	**anghofio** – *to forget*
cyfoethog – *rich*	**eistedd** – *to sit*
sŵn – *noise*	

'O na! Y gitâr! Y gitâr fendigedig! Ond…' Wedyn, mae e'n meddwl am yr arian. 'Ond dw i'n gallu prynu lot o gitârs nawr! Dw i eisiau dweud wrth Mari.'

Mae Ric yn codi'r ffôn. Ond wedyn mae e'n stopio ac yn meddwl. 'Dw i ddim yn gallu dweud wrth Mari ar y ffôn! Dydy hynny ddim yn iawn. Ond sut dw i'n gallu dweud wrth Mari?'

Mae Ric yn eistedd… ar y gitâr eto. Y sŵn mawr yna eto. Ond dydy Ric ddim yn clywed y sŵn.

'Dw i'n gwybod. Dw i'n gallu ysgrifennu cân newydd i Mari. Dw i'n mynd i Gaerdydd a chanu'r gân i Mari. Cŵl!'

Pennod 4: Y tacsi

Mae'n hwyr ac mae hi'n **dywyll**. Mae Bari Green yn cerdded **lawr** y stryd. Mae'r heddlu yn chwilio am Bari. Mae Bari'n gorfod **dianc** yn gyflym. Mae tacsi'n dod lawr y stryd. Does dim arian gyda Bari, felly dydy e ddim yn gallu cael tacsi. Mae'r tacsi yn stopio i gael petrol, ac mae'r **gyrrwr** yn rhoi petrol yn y car. Wedyn mae e'n mynd i'r siop. Mae Bari yn **croesi**'r stryd ac mae e'n edrych yn y tacsi.

tywyll – *dark*	**lawr** – *down*
dianc – *to escape*	**gyrrwr** – *driver*
croesi – *to cross*	

Mae'r **allweddi** yn y car ac mae gyrrwr y tacsi yn y siop.

'Dyna **lwcus**!' mae Bari'n meddwl. Mae e'n mynd mewn i'r tacsi ac yn gyrru i ffwrdd!

---

allwedd(i) – *key(s)*   **lwcus** – *lucky*

Pennod 5: Trenau i Gaerdydd?

Mae hi'n ddeg o'r gloch. Mae Ric yn y fflat. Mae e'n hapus iawn. Mae gan Ric gân newydd ac mae e'n mynd i weld Mari. Mae popeth yn iawn.

'O, aros funud,' mae e'n meddwl. 'Sut dw i'n gallu mynd i Gaerdydd?'

Mae e'n codi'r ffôn.

'Shw mae,' mae Ric yn dweud. 'Pryd mae'r trên nesaf i Gaerdydd, os gwelwch chi'n dda?'

'O ble?' mae'r ddynes yn gofyn.

'O adre,' mae Ric yn dweud.

'Ble mae adre?' mae hi'n gofyn.

'Tal-y-bont,' mae Ric yn ateb.

Mae Ric yn clywed y ddynes ar gyfrifiadur.

'Dych chi'n byw yn Nhal-y-bont, syr?' mae hi'n gofyn.

'Ydw. Pam dych chi'n gofyn?' mae Ric yn dweud.

'Does dim gorsaf drenau yn Nhal-y-bont,' mae hi'n dweud.

'O, na, dych chi'n iawn. Beth am awyrennau?' mae Ric yn gofyn.

Does dim ateb.

Pennod 6: Stopio tacsi

Mae hi'n hanner nos. Mae Ric eisiau mynd i Gaerdydd ond dydy e ddim yn gwybod sut. Mae'n hwyr a does dim trenau na bysys. Mae e'n gadael y fflat. Yna mae e'n gweld tacsi.

'Tacsi! Stop!' Mae Ric yn rhedeg **o flaen** y tacsi ac mae'r car yn stopio. Y gyrrwr yw Bari Green ac mae e'n edrych yn flin iawn, iawn.

o flaen – *in front of*

'Ie, beth wyt ti eisiau?' mae Bari'n gofyn.

'Dw i'n mynd i Gaerdydd,' mae Ric yn ateb.

'Wel, dyn lwcus iawn! Mwynha dy hun. Hwyl!' mae Bari'n dweud.

'Na, dwyt ti ddim yn deall. Dw i eisiau i ti yrru fi. Tacsi yw hwn, ie?' Dydy Ric ddim yn mynd mewn tacsis fel arfer. Yna mae e'n gwenu. 'Edrych, mae e'n dweud "TAXI".'

'Ie, dw i'n gwybod,' mae Bari'n dweud, 'ond dw i ddim yn gweithio heno.' Ond yna mae e'n meddwl, 'Ond does dim arian gyda fi...'

'OK,' mae Bari'n dweud. 'Dw i'n gallu gyrru i Gaerdydd, ond mae e'n mynd i gostio lot. Mae Caerdydd ddau **gant** cilometr i ffwrdd. Felly, mae e'n ddau gant o bunnoedd.'

Mae Ric yn gwenu. 'Dau gant, dwy fil,' mae e'n dweud. 'Dim problem! **Dw i wedi ennill** y loteri. Dyma'r tocyn lwcus.' Mae'r tocyn yn **llaw** Ric. 'Dw i'n cael wyth miliwn o bunnoedd gyda'r tocyn yma!' Ac mae Ric yn mynd mewn i'r tacsi.

cant – *hundred*	**dw i wedi ennill** – *I've won*
llaw – *hand*	

Mae Bari yn edrych ar y tocyn yn llaw Ric. Mae e'n edrych ar y **dyddiad**. Dyddiad heddiw. Mae e'n edrych ar y rhifau ac yna ar Ric.

'Does dim enw ar y tocyn,' mae Bari'n dweud.

Mae Ric yn chwerthin. 'Does dim enwau ar docynnau loteri.'

'Felly sut maen nhw'n gwybod bod y tocyn lwcus gyda *ti*?' mae Bari'n gofyn.

Mae Ric yn chwerthin eto. 'Dwyt ti ddim yn gwybod lot am y loteri, wyt ti?'

Mae Bari'n gwenu hefyd. 'Wyth miliwn? Wel, rwyt ti'n ddyn lwcus iawn.'

---

dyddiad – *date*

Pennod 7: Hwyl fawr, tocyn loteri

'Dw i ddim yn mynd i weithio eto,' mae Ric yn dweud wrth Bari.

'Wyt ti'n gweithio nawr?' mae Bari'n gofyn.

'Na, dw i ddim,' mae Ric yn ateb. 'Dw i'n chwarae cerddoriaeth ac yn ysgrifennu caneuon. A dyna beth dw i'n mynd i wneud drwy'r dydd, bob dydd. A dw i'n mynd i brynu popeth i Mari, y wraig a...' Mae Ric yn stopio ac yn meddwl. 'Dw i'n mynd i brynu... Dyna od. Dw i ddim yn gwybod beth mae hi eisiau.'

Dydy Bari ddim yn gwrando. Mae e'n meddwl am yr wyth miliwn o bunnoedd.

Mae Bari'n troi at Ric. ''Dyn ni'n cyrraedd caffi. Wyt ti eisiau coffi?' mae e'n gofyn.

'Na, dim diolch,' mae Ric yn dweud. 'Te dw i'n yfed.'

'Da iawn.' Mae Bari'n gwenu. 'Dau de.'

Maen nhw'n stopio ac yn mynd i'r caffi. 'Eistedd fan hyn,' mae Bari'n dweud, 'a dw i eisiau arian i brynu'r te.'

'Ydw i'n prynu te i ti hefyd?' mae Ric yn gofyn.

'Wel, rwyt ti'n gyfoethog nawr!' mae Bari'n dweud.

Mae Ric yn rhoi arian i Bari, ac mae Bari'n prynu'r te. Mae Ric yn eistedd wrth y bwrdd ac yn edrych ar y tocyn loteri.

Mae Bari'n **dod â**'r te. Mae e'n gweld y tocyn yn llaw Ric ac mae e'n gwenu.

Mae Bari'n rhoi'r te i lawr yn gyflym ar y bwrdd. Mae te poeth yn mynd dros y bwrdd, a dros Ric, ac ar y tocyn.

dod â – *to bring*

'Aw!' mae Ric yn gweiddi. 'Mae e'n boeth! Ac mae te dros y tocyn loteri!'

'Dw i eisiau gweld y tocyn!' mae Bari'n gweiddi, ac mae e'n trio mynd â'r tocyn loteri. Ond mae e'n wlyb achos y te. Mae hanner y tocyn gan Ric a'r hanner arall gan Bari.

'Dw i eisiau hanner arall y tocyn!' mae Bari'n gweiddi.

'Mae'r tocyn yn **ddi-werth** nawr,' mae Ric yn dweud. 'Mae te ar y tocyn a dwyt ti ddim yn gallu darllen y rhifau. Ac mae dau hanner. Hwyl fawr, wyth miliwn o bunnoedd.'

'Beth?!' mae Bari'n gweiddi. Yna mae e'n clywed sŵn ac mae e'n mynd yn wyn. Mae car heddlu **tu allan** i'r caffi. Mae Bari'n troi a rhedeg at y drws. Mae Ric yn codi a rhedeg ar ôl Bari.

'Stop!' mae Ric yn gweiddi, ond mae e'n anghofio am y te. Crash! Mae Ric yn **cwympo** ar y llawr ac yn cnocio ei ben ar y bwrdd.

di-werth – *worthless*	**tu allan** – *outside*
cwympo – *to fall*	

Pennod 8: Ble dw i? Pwy dw i?

'Ble dw i?' mae Ric yn gofyn. Mae e'n edrych ar y ferch **ifanc** ac yn gofyn, 'Ydw i wedi **marw**?'

'Na, rwyt ti yn y caffi.'

'Pwy wyt ti?'

'Sara dw i. Pwy wyt ti? Pam wyt ti ar y llawr?'

'Dw i…' Mae Ric yn meddwl am funud. Dydy e ddim yn cofio pwy ydy e. Dydy e ddim yn cofio dim byd. 'Dw i ddim yn cofio pwy dw i. Dw i ddim yn cofio dim byd,' mae e'n dweud.

---

ifanc – *young*　　　　　　　**marw** – *to die*

'Oes cerdyn gyda ti? Yn y **pocedi**?' mae Sara'n dweud. 'Ydy dy enw di ar gerdyn?'

Mae Ric yn edrych. 'Na, does dim byd. Un funud…' Mae e'n cofio am lun.

Llun o Ric yn chwarae'r gitâr ydy e.

'Wyt ti'n chwarae'r gitâr?' mae Sara'n gofyn. 'Wyt ti'n gallu chwarae'r gitâr yma?' Ac mae hi'n rhoi gitâr i Ric.

poced(i) – *pocket(s)*

Mae Ric yn codi'r gitâr ac yn dechrau chwarae. Yn dda iawn.

'Waw, rwyt ti'n dda!' mae Sara'n dweud. 'Rwyt ti'n dda iawn.'

Mae Ric yn gwenu ac mae e'n dechrau canu hefyd. 'Stop! Stop!' mae Sara'n gweiddi. 'Rwyt ti'n chwarae'n dda iawn, ond dwyt ti ddim yn gallu canu. Ond dw i'n gallu canu.'

'Be?' mae Ric yn gofyn.

'Dw i'n **gantores** a dw i'n canu fory. Ond dydy fy **chwaraewr** gitâr ddim yn dod. Mae e'n gadael. Wyt ti eisiau chwarae i fi?'

Mae Ric yn meddwl am funud. 'Wel, dw i ddim yn gwybod pwy dw i, na ble dw i'n mynd, felly **pam lai**? Ble wyt ti'n canu?'

'Yng Nghaerdydd,' mae Sara'n dweud.

'Caerdydd?' mae Ric yn gofyn. Mae e'n meddwl am funud.

'Wyt ti'n dod o Gaerdydd?' mae Sara'n gofyn.

'Dw i ddim yn gwybod,' mae e'n ateb.

---

cantores – *singer (female)*   **chwaraewr** – *player*

pam lai? – *why not?*

Pennod 9: Ennill y loteri eto!

Mae Ric a Sara yn cerdded allan o'r caffi. Maen nhw'n edrych yn hapus iawn. Mae Sara'n troi at Ric a gwenu.

'Dw i'n lwcus iawn!' mae hi'n dweud. 'Dydy fy chwaraewr gitâr ddim yn dod a dw i'n ffeindio ti yn y caffi!'

Mae car heddlu yn **pasio**. Dydy Ric a Sara ddim yn gweld Bari yn y car.

'Dw i'n lwcus hefyd,' mae Ric yn dweud. 'Mae e **fel** ennill y loteri!'

★★★

Mae Sara a Ric yn chwarae yng Nghaerdydd. Mae pawb yn hoffi nhw.

'Maen nhw'n hoffi ni!' mae Sara'n gweiddi ar Ric. 'Ond pwy ydy'r ferch yna? Ydy hi'n ffrind i ti?'

'Na,' mae Ric yn ateb. 'Dw i ddim yn nabod hi.'

---

pasio – *to pass*   **fel** – *like*

GEIRFA

anghofio – *to forget*
allwedd(i) – *key(s)*
ar ôl – *after*
awr – *hour*
cant – *hundred*
cantores – *singer (female)*
croesi – *to cross*
cwympo – *to fall*
cyfoethog – *rich*
chwaraewr – *player*
chwerthin – *to laugh*
chwilio am – *to look for*
Dere yma! – *Come here!*
dianc – *to escape*
diffodd – *to switch off*
di-werth – *worthless*
dod â – *to bring*
drwg – *bad*
dw i wedi ennill – *I've won*
dyddiad – *date*
eistedd – *to sit*
enillydd – *winner*
fel – *like*
gweiddi – *to shout*
gwenu – *to smile*
gyrrwr – *driver*
ifanc – *young*

lawr – *down*
lwcus – *lucky*
llaw – *hand*
llun – *picture*
marw – *to die*
newid – *to change*
o flaen – *in front of*
pam lai? – *why not?*
pan – *when*
pasio – *to pass*
poced(i) – *pocket(s)*
rhoi – *to give*
seren roc – *rock star*
stafell wely – *bedroom*
sŵn – *noise*
troi – *to turn*
tu allan – *outside*
tywyll – *dark*
wrth – *by, near*
ymlaen – *on*
yn ei ddwylo – *in his hands*
Yr un Ric – *The same Ric*
ysgrifennu – *to write*